휴머노이드가
오고 있다

휴머노이드가 오고 있다

© 2023 정은하

초판인쇄 | 2023년 2월 10일
초판발행 | 2023년 2월 15일

지 은 이 | 정은하
펴 낸 이 | 배재경
펴 낸 곳 | 도서출판 작가마을
등   록 | 제 2002-000012호
주   소 | 부산광역시 중구 대청로 141번길 15-1 대륙빌딩 301호
　　　　　서울시 도봉구 도당로 82(방학1동, 방학사진관 3층)
　　　　　T. 051)248-4145, 2598　F. 051)248-0723　E. seepoet@hanmail.net

ISBN 979-11-5606-215-8 03810　정가 10,000원

휴머노이드가
오고 있다

정은하
시집

도서출판
작가마을

　오래전부터 한 가족이 된 책에게, 책의 재료인 나
무에게 미안해 시집 한 권 만 세상 속으로 떠나보내
려고 다짐했다. 그런데 두 권의 시집을 마무리하고
보니 두려운 마음이 앞선다. 아직 곰삭지 않은 시의
밥상을 부끄러운 마음으로 차렸지만 맛있게 드시기
를 바랄 뿐이다.

차례 ___ 정은하 시집

휴머노이드가 오고 있다

정은하

제1부

무늬를 듣는다

잎이 나무의 무늬라면
여름의 무늬는 매미

피나는 수련을 거쳐
소리의 수장고에서 꺼낸
득음의 행렬

울음과 울음 사이 갈맷빛 흐르고
내 귀를 걸어 둔 나뭇가지
사랑 노래 부르는 여름,
무늬를 듣는다

이방인

어느 날
이빨로 책 읽어내고
식탁 위 붉은 가을도 베어 먹은
우리 집에 세 든 서생원

나도 지구에 세든지
이순을 넘었다는 생각
그래
우리는 지구의 동행자

산다화

동박새 한 마리
물결처럼 날다가
네 입술에 닿으면

툭
툭
장렬하게 목숨 내던진
저 붉은 심장

지구를 두드리는 이 굉음
가득한 내 귓속

내 마음도 하얗다

뉴스는 백 년만의 폭설이라고
아우성
늦은 밤 귀가하지 않은 가족
황새목으로 서성이게 하는 창가
시간 깊어 갈수록 켜켜이 쌓이는 걱정
온몸의 솜털은 송수신 안테나다

바람이 건드리는 나무의 눈사태
곳곳에 멈추어 선 자동차
겨울 저녁의 한파가
정수리까지 날아와
앉았다 사라지곤 했다.

휴머노이드가 오고 있다

딸과 함께 팔짱 끼고 걷던
대형 카페 앞
열린 유리문 속으로
홀린 듯 들어선 곳

두리번거리며 가 앉은 딱딱한 의자
테이블 위에 놓인 기기로
더듬거리며 주문한 음료

정중하게 내민 AI의 친절에
목구멍 속으로 넘어가는 커피처럼
오만가지 생각이 쓰다

앉아있는 사람들의 웃음
소피아의 복제품 같다
한 손은 문명의 이기로
또 한 손은 다양한 갈등을 들고
지금
휴머노이드가 밀려오고 있다

내게 귀띔한 바람

그곳에 가면
바다에 나간 지아비 기다리는
지어미 있네

어둠 밟고 오실까
가슴 졸이며 꺼지지 않는 등불
두 손으로 받쳐 들고 서 있네

세찬 바람 흔들어도
붉은 입술 속 향기 가두고
바위 위에 까치발로 서
연년불망 기다려도
끝내 돌아오지 못한 지아비

그 애달픔 안고
파도처럼 흔들리다 스러진 그 자리
붉은 동백꽃 한 송이
피고 있네

아직

사랑의 몸짓

타오르던 사랑
나보다 먼저 와 있었네

여문 햇살 아래 찍힌
발자국 하나

손 내밀지 않아도
저 혼자 뜨거워져
내게로 옮겨붙은 불씨

몸은 어느새
잘 익은 한 그루 단풍나무

물들어 간다는 것은
서로 닮아가는 것

은행나무 역장

바다의 심장을 물고
달려오던 기적
멈춘 지 오래

뜨거운 햇빛 부서져 내린
이곳
한여름 지키고 선
은행나무 세 그루가
역장

누굴 기다리는지
목이 길어지는 하루하루

떠난 자리마다
발자국 소리만
흥건히 고이는 구 해운대역

볼 부은 하늘

물금 사라진 푸른 바다
때를 기다리며 앉아있는
초여름

발도 없이 걷던 먹구름
종일토록 내려와 쓴 시

잿빛이다
장마다

당당한 노라

이른 아침
잰걸음으로 내달리던 마음
지하철 여성 배려칸에 던져놓고

흔들리는 차량 속
입 큰 가방에서 꺼낸
미끄럼 타는 지갑
섬광처럼 낚아채 그림 그린다

딸
엄마
아내
며느리도 아닌
당당한 노라로 다시 태어난 그녀

지하철에 안이 환하다

어느 여름날

소나기 두어 차례
한여름 두들기고 지나가면
나뭇가지에 그네 타는 햇살
촘촘하다

그 사이
허공에서
온몸으로
쏟아지는 폭포 소리
매미의 합창

잠은 잘 자는지

아버지는 쇠고삐 바투 잡고
나는 졸랑졸랑 그 뒤를 따라
쇠전으로 간다

큰 눈알 껌벅대며
뒤돌아보는 어미소 외양간 새끼가
눈에 밟히는 갑다

쇠장수 흥정에
팔려 가는 어미소 누렁이
좌우로 머리 흔들자
박혀있던 쇠말뚝 뽑히고
질펀하게 갈겨놓은 제 똥 밟으며
어깃장을 놓는다

끌려가는 소
아버지 속을 데운 막걸리
눈깔사탕 하나로
입안 물들이던 나

오늘 밤은

어느 낯선 곳에 몸 누이고
눈 안에 뿌려진 은하수 가두고
잠은 잘 자는지

섬짓한 붉은 장갑

이력을 묻지 않겠다

피로 코팅된 붉은 장갑 한 켤레
아직 거친 노동을 붙잡고 있는 길바닥

한때 푸른 정맥 굼틀거리던
성자의 손
때론 열사의 땅에서

제 가슴에 탕탕 못질하며
붙잡은 밥줄

그 손에 더운 피 흘러
구할 일용할 양식

내일은 또, 어디에서
노동의 시간을 담금질할 것인가

오늘은
앞다투어 이국의 손들이
하루 몫을 거두어 가는데

〉
비오는 날에도 쉬지 못하는
붉은 장갑 안
거친 손

데카르트*가 웃는다

행복을 구하는 사람은
세 여자 말을 잘 들어야 한다

어머니
아내
네비게이션 아가씨

자식 걱정하는 어머니 말씀도
남편 걱정하는 아내의 말도
마음에 생채기 내며
쏟아질 때 있다

그러나
상냥한 네비게이션 아가씨
언제나 친절하다

열 번 스무 번이라도
불평 없이 최단의 길로
안내하는 아가씨

그녀와 마주하면

엄마 노릇 아내 역할 부끄러워

할미꽃 된다

* 프랑스의 수학자 · 철학자(1596~1650). 근대 철학의 아버지라 불리며, 해석
기하학의 창시자이다. 우리가 가고자 하는 위치를 정확하게 알려주는 원리의
시발점이 바로 데카르트의 좌표직교계라고 한다.

불새를 기다리다

한해의 끝을 밟고 서면
사라진 내 안의 내가
고개 드는 순간

곳곳에서 밀려오는 순례자
수평선의 붉은 눈시울 밟고 올
붉새를 기다리는 부푼 가슴

하루가 접혔다 펴지는 사이
종소리처럼 멀리 울려 퍼지는 환호성
누군가 줍고 있는 새해 씨알들

지리산의 오래된 얼굴

노을을 등에 업고
섬진강에 나가 보아라

혼자 흐르지 않고
갈대 개망초 노란 민들레
그림자까지 따뜻하게 품어
흐르는 강

강을 건너던 초록 바람이
실어나르는 밤꽃 향기
아직 농밀한데

백두대간을 넘지 못한
파르티잔의 푸른 피가
끝내 열어두지 못한 물길 하나

창을 열면

햇볕에 널었던 여름
거두어들이다

계곡으로 미끄럼 태우는
가을을 만졌다

투명한 살갗의 애벌레처럼
물빛으로 반짝이는 하늘

허공을 날던 잠자리 꼬리 물고
빨갛게 익어가는 대낮

내 속에 뜨거운 피도
실눈 뜨는 가을날의 오후

제2부

새벽잠을 깨운다

꽃 지고 난 자리
그늘 한 뼘에 몸 묻은
희망 몇 개

새벽잠 깨우려고
햇볕 아래 숨 고른
황토 이불 속

쏴—쏴
밭비 지나가고
간질간질한 몸이
벗어던진 검은 허잡

큰일 보듯 발끝에 힘 모아
세상을 향해 부는
이른 아침 나팔꽃

달의 연못

완행열차 타고 간 천년고도
하늘에 피어난 꽃구름을 보네

서라벌 들판을 헤매다가
월지에 내려앉은 한 척의 꽃배

그 배 띄워 놓고
며칠을 목 놓아 울다
길 떠났다는 마의태자

안압지에 맴도는 그의 넋
만나고 오는 초여름

아라가야를 걷다

봉긋봉긋 솟아오른
함안군 가야읍 고분

영화롭던 옛 주인의 삶
기억 저편을 걸어오는 동안
봉분만 남은 흔적 반갑다

외롭지 않게
개망초꽃 무리 지어
노래하는 여름 한 낮

반갑다

몸 불린 버즘나무 어깨 위로
졸고 있는 여름

쨍하고 찾아온 해님 발걸음에
허둥지둥 물러나는 후텁지근한 장마

이 나뭇가지에서
저 나뭇가지로
우르르 쏟아지는 선물 보따리
매미의 떼창

새의 언어

성긴 햇살 아래
긴 방죽 따라 피어난 무지개

세상을 향해 군데군데 열려있는
물음표 같은 門

시간 마디를 빗금 치듯
물비단 깔고 앉아 온종일
쏟아내는 침묵의 말

얼음 발목을 잡고
길을 묻는 주남저수지의 바람
어디로 가느냐고
네게 묻는다

쑥국새

솔숲에 바람 일고
어둠 잦아들자
둥지로 찾아 든 식구들

산달 앞둔 어미새
지지 쑤우국 지지

아직 돌아오지 못한 빈손
달빛 밟고 오려나

개똥벌레

작은 몸짓으로
쥐불놀이하듯
여름밤을 수놓던
개똥벌레

온몸으로
흩뿌린 은하수
그 위를 건너는
불벌레들의 군무

제비꽃

무덤가에
수줍게 웃는 얼굴보며
따라 웃는다

명주바람 품에 안고
다소곳이 둘러앉은
제비꽃

언제나
마알간 얼굴로
그 자리에 앉아있는 너
작아서 예쁘다

멀구슬나무

여름이
먼저 찾아오는 해운대
왁자지껄한 만남이
온종일 출렁거리는 곳

귓속 채우던 호루라기 소리
붉은 깃발 흔들던 역무원 자리
기적소리만 줍던 멀구슬나무 한 그루
물금물금 거리며 서 있다

날아오르지 못한 비둘기 떼
애먼 보도블럭에 입술 부비는
하루, 아직 기다리는 사람 있다.

수줍다, 나도 박달나무

일상의 바퀴 잠시 멈추고
일탈을 꿈꾸며 따라나선 길

단단한 벽 허물고
웃음꽃 환하게
피어나는 이곳
나도 박달나무의 얼굴이
울긋불긋

몸 비비며 떨어지는 가을
숲의 오랜 이야기가 쌓여가는
광릉 수목원의 오후
나도 한 그루 박달나무

텃밭 일기
– 물소리 농원

햇귀 피기 전
졸음 털며 가 닿은 물소리 텃밭
풀잎에 매달린 맑은 눈빛 지나
새벽잠에 취한 기름나물 흰꽃 지나
상큼상큼 가을 번지는 벼이삭 지나
밝아오는 산빛을 밟고 간 텃밭

땡볕이 잘 키운 넉넉한 마음
그 마음 밭에 흐드러진 푸른 남새
더불어 사는 착한 생명
우주의 그릇에 담긴
이른 아침의 청정한 물소리 텃밭
산새 소리 그득하다

화석의 숨결이 흐른다

어느 지층의 단절된 시간
가슴으로 마주 보고 선 따뜻함

그 맑은 눈빛 속에서
스멀스멀 기어 나오는 풀꽃 향기

그 향기에 뛰고 놀았을 도마뱀
늑골 사이를 오르내리던 숨결

그 숨결 다시 붉게 살아
새벽이슬 반짝이는 곳

그곳으로 돌아가고 싶은 간절함
발끝에 번져오는 사이

문, 문들

어디든 넘나드는 곳에 문이 있다
빙글빙글 마음 맞춰 돌아가는 회전문
덜컹거리는 마음 읽어야 열리는 미닫이문
안에서 열지 않으면 들어갈 수 없는 빗장 문
밖에서 열어주지 않으면 나올 수도 없는 쇠창살 문
사방을 둘러보아도 닫혀있는 문, 문들

내가 빗장 걸고 살았다
자물통 속에 나를 가두었다
세상을 마음 밖으로 유배시켰다
닫아둔 문 활짝 열었다
나도 너도 없다
경계를 지우며 손 내미는
오월의 덩굴장미처럼

봄봄
– 김유정 문학관을 다녀와서

기세등등하게 버티고 선 마름 앞
목깃 부풀린 두 마리 수탉 마냥
앞마당이 그득하다

몸달은 만큼
뒷걸음질 치는 점순이의 작은 키
먹빛처럼 갈등만 짙어간다

산머루 같은 눈동자 요리조리 굴리며
성례만 기다린 속없는 소작농의 아들
그의 가슴을 노란 동백꽃으로 문지르는 점순

먹이 노린 짐승인 양
기회를 낚아챈 마름과 한판승
어깨춤이 절로 절로
풋사랑이 익어가는 실레마을

아기 복

바다의 살결이 밀고 온
아기 밀복 한 마리

목까지 차오른 불만
모래톱에 맡긴 채
가쁜 숨 몰아쉬며 들썩거리던
짧은 생

그 생이 끝났을 때
복어는 죽고 복福만 남았다

윤선도에게로의 초대

세상과 멀어진 은자隱者의 세상
부용동을 감싸 안은 오월의 신록
잠시 세상과 멀어진 마음 한가롭다

앞서거니 뒤서거니
몸과 마음 위태롭게
오르는 동백 숲

잠시 비운 신선 자리
낯선 손님만 북적거리는
동천석실

차 한 잔 속에 넘치는
고산의 정신

차 한 잔에
모셔진 고산의 숨은 뜻,
이제 하나 둘 열리는 시가詩歌의 맛

제3부

봄은 힘이 세다

휘파람 쌩쌩 불며
겨울 떠나가고
봄비 손님처럼 놀다간 후

언 가슴 풀어놓고
온종일 기지개 켜는 햇살
아지랑이 하늘로 오르고

여기저기 등촉이
온통 세상 밝히는 봄날

디오게네스의 봄

어디서 한겨울을 견뎠을까
꽃바람 찾아 나들이 나온
늙수그레한 여인

정신 줄에 매단 비닐봉지
한몸 되어 휘청휘청 걸어가는
오후

하루하루 촘촘해지는 햇살
감로수처럼 받아 마시며
노래하는 여인

헤벌쭉 그녀가 웃을 때마다
입가에 피어나는
백목련 송이송이

봄의 넉살을 보다

곡우 지나 찾아 나선 봄
발걸음보다 앞선 마음
영축산에 오른다

수액을 길어 올리는
관목들의 맥박
쩌렁쩌렁 내 마음 울린다

문득
올려다본 이팝꽃 하늘
끈질긴 인연처럼
집까지 따라온 봄

오월의 문을 활짝 열어 젖힌
이팝나무꽃 숭어리

꽃물 소리 가득하다

성聖 금요일의 골목 밝히며
일제히 켜지는 보랏빛 꽃등
불 밝힌 자리마다
매달린 봄

시간을 짚고 가는
바람의 까치발처럼
여린 제 몸으로 여는
보랏빛 세상 등꽃

꽃 피기 전에

꽃샘잎샘 차가운 날
눈을 부른 시새움

달팽이 배밀이하듯
느릿느릿 밀고 나오는 봄

꽃 밴 가지 위에
고양이 발걸음으로 찾아온
시샘달

눈꽃 진 자리
곱게 수놓은 봄을 무너뜨린
네가 참 고약스럽다

첫사랑

새봄
매화 향기이고
가지에 돋는 연한 푸름

아니
여름날 뜨거운 태양이고
파초잎 두드리는 장대비

아니아니
가슴 속으로 파고드는 갈바람이고
책갈피 속 잊혀진 단풍잎

아니아니 아니
첫사랑은
첫눈 같은 설렘으로
묻어 둔 뜨거운 불씨

파초, 날개를 펴다

마음처럼 좁은 화단
후드득거리는 빗소리 좋아
사찰에서 모셔온 어린 파초 한 촉

밤새 다녀간 동장군에
무릎 꺾여
칭칭 동여 맨
걱정 한 겹
정성 한 겹
기다림 한 겹

이른 봄
오르내리는 파초의 혈관 속
몸 부풀리는 소리 들린다

나도 흐른다

숨죽인 나무에 새잎 돋고
재재거리는 새소리 귀 안에 가득하고
마음 분주하게 불러내던 봄날은 가고

잎새들 진초록으로 갈아입고
소나기 삼 형제 땅바닥에 두어 번 기절하고
그 무성한 여름도 다녀가고
시간 사이사이 촛불 들고
너도나도 익어가고
나무의 떨켜마다 가을이 오고

불빛 하나둘 눈 감고
된바람으로 겨울이 성큼 오고
첫눈 오고 또 새봄 기다리고
세월이 수월하게 흘러가고
나도 따라 흐르고

바다 이야기를 줍다

짙은 안개와 나란히
만나러 가는 동백섬

햇살의 근육이 단단해질 무렵
바다 물마루까지 나앉은 안개

바다를 탐하는 태양처럼
나를 따라오는 바다 안개

해국

입술 굳게 다물고
비탈진 바위에 걸터앉아
바다 바라기로 하루를 보내는 소녀

해풍에 젖은 기다림
보랏빛 향기로
흩어지는 물보라

큰 파도의 너울거림도
다정하게 들리는
오늘

바다는 나의 꿈

물의 발바닥을 따라
몸 흔들며 오는 것 있다

지붕 낮은 집
따뜻한 밥상의 꿈은
아직 먼데

손끝에서 묻어나는
은빛 비릿함
따습다

송정바닷가의 여름

폭우 쏟아진 뒤

허물어진 개미집

길 잃고 헤매는

개미 떼 같은

서퍼들

빛이 그린 가을 이야기

낙엽!
가을 한복판
붉어 오는 세상이 밝다

계절 깊숙이
오가는 사람들
마음도 덩달아 붉다

가을 가장자리
환한 빛을 쓸고 있는
불청객

떠나지 않으려고
땅바닥에 바싹 달라붙은
가을 살갗

가을 속을 걸었다

서울시 도봉구 해등로 32길 80
불쑥 들어선 내게

웬일이오
… …·

두 눈 퀭한 시인이
말을 걸어온다

당신은 오늘 자유의 하루를 살고 있습니까

자유를 앞세워 이곳에 왔어요

간절했던 자유를 외치며
안개 속 세상을 살다 간 시인

내 마음 묶어 둔
케리커쳐보다 더 까칠한 얼굴
온몸의 시학을 부르짖으며
시대의 아픔을 절규처럼 썼다는

그래서 삶을 사랑하며
우리 곁에 남아있는 시인
김수영

가을비는 사선으로 꽂힌다

찬비 다녀간 뒤
온몸 발그레 물들이며
홀로 떠나기를

채 떠나지 못한 여름
누군가 돌아오기를

저벅거리며 걸어오는 소리
되돌아가는 소리
다시 귓속으로 출렁이며 흐르는 소리

아직 지우지 못한 숲속
소나무 한 그루
내 눈 안에 살아
사선으로 꽂힌 가을비

바다, 속을 보다

바래길*을 따라
한나절 걸었다
파란 종이에 그려지던 노을꽃
붉게 웃으며 흩어졌다

어디를 보아도 낯선 고향
촉수 세운 달랑게들
손님맞이에 떠들썩한
남해, 강진 바다

*옛날 남해 어머니들이 가족의 생계를 위하여 물때에 맞춰 갯벌과 갯바위 등
지에서 해초류와 해산물을 채취하러 다니던 길

소금꽃, 철썩이다

바람이 온다
바다의 힘줄을 넘어
어깨동무하며 온다

가느다란 실금을 넘어
바다의 살점을 키우는
짙푸른 혈맥

썰물과 밀물의
속삭임에 피어나는
소금꽃

메밀꽃처럼 일어
바다에 찍히는 순간,
다시 스러지는 바다의 숨결

제4부

숨바꼭질

시가
나를 떠난 것인지
내가
시를 떠난 것인지
한참 헤매던 시간

그때마다
미궁 속으로 빠져든
활자들의 감옥

어떤 날은
영혼의 실을 뽑으며
밤새
시를 짠다

말의 덫

너는
날카로운 부리를 가진
한 마리 날짐승
북을 두드리듯 그 부리로
핏빛 심장을 난타하고 있다

너는
길들여 지지 않을
한 마리 들짐승
갈기 세워
이 시간도 마음을 휘달린다

너는
어둠의 허공을 맴돌다
쏟아 낸 수많은 말의 씨앗
되돌아오는 부메랑
내 심장을 겨눈다

너는
찰나의 사냥으로 목숨 이어가는

날짐승, 나는 들짐승
하루를 죽이고 살리는
언어의 망나니들
말의 덫에 갇혀 산다

나비 여행

겨울바람 떠나보내려
사부작사부작 집을 나선다

옷깃 여미는 찬바람
쌩쌩 달리던 승용차도
잠시 숨을 고르는 눌차도

삼삼오오 걷는 사람들의 어깨 너머
발목을 묶는 빛 고운 바닷물
나비처럼 팔랑거린다

평지를 지나
오르막
내
 리
  막
   길
온몸으로 느끼는 아찔함
바닥만 보고 걸었다

앞만 보고 걸어야

닿을 수 있는 무지갯빛

삶

돌아오지 않는 눈빛

늦은 밤
돌아오지 않은 이를 위해
바위섬에 걸어둔
저 눈빛

여덟 번 꺾여도
하나 될 수 없는
지난한 메르케트*
분쟁의 역사

* 스웨덴과 핀란드가 특이한 국경선을 그어 분쟁을 해결한 메르케트섬

수미르 공원의 벽화

연안부두 후미진 곳
처네 같은 햇살 덮고
꽃 한 송이 피었다

스쳐 가는 눈동자
동정의 손길마다
어루만지는 그의 가슴
철 지난 옷의 호주머니 털어내듯
단절된 시간 줍고 있는
텅 빈 손

삶의 그물 촘촘히 엮어
생의 바다에 투망질 할 꿈
꾸고 있는 자유인

원조 고갈비 집

스스로 덫에 걸려
누구의 덫에 걸려
한 생이 부동자세로
저렇게 푸르게 누웠나
곧게 세웠던 척추
내장 껴안았던 갈비뼈
애끓던 내장마저 비운 뒤
상처에 쏟아진 우박 삼켰다
뱉어내고 굽은 등 편히
철판에 맡긴다
노릇노릇 지글지글
익을수록 휘청휘청
난바다로 건너가는
고등어의 전생이
목을 타고 넘는다

역병

잘 디려 입은 여름 교복
신작로의 뽀얀 먼지가
덧칠했다

쏜살같이 달려오는
청록색 코로나 택시
두 눈 질끈 감고 숨 참으며
빨리 지나가기를 빌었다

입으로 들어온 음식
몸 밖으로 나가고
입속의 날카로운 언어
부메랑 된다는 것
이제야 알겠다

그 속력으로 달려온
우한코로나19

달항아리

팔금산 미술관*
지하 수장고
어둠 속에
환하게 떠 있는 달항아리

정화수 앞에 놓고
주문을 걸듯 비손하던
어머니의 여윈 어깨
어룽거린다

* 부산시 동래구 온천동

노인과 초승달

볕 좋은 날
손수레에 매달려 가는
초승달을 보네

수레바퀴 굴리다
다시 궁글려도 헛도는 삶

불끈 솟아오르던 힘줄도
비 온 뒤 무너진 흙담

한발 한발 어둠 속으로 내딛는
등 굽은 초승달을 보네

오징어 전봇대

신작로 건너 산동네 일번지
전봇대를 오르는 오징어
희망을 만드는 바다예요

꿈 팝니다 꿈 삽니다
어머니 찾습니다
허공 달셋방 있습니다
오징어 다리마다 빼곡한 사연
하늘로 솟구치네요

하룻밤 자고 나면
한 마리 두 마리 세 마리
우르르 헤엄치는 오징어 떼
망망대해를 벗어나 전봇대를 기어오르는
저 오징어 떼 좀 보세요

마지막 달력

달력 속의 칸타타
박제된 검은 시간

몇 개 남지 않은 시간의 알
이내 날아가 버릴 새들

열두 개의 소나타
춘하추동으로 끝날 무렵
눈물샘에 얼비치는 지난 시간들

새해가 올 때까지
아직 끝나지 않은 연주
쉽게 지휘봉을 놓지 마라

두 번 계절이 피고 지고

셋방살이 3년
눈 깜짝할 사이

하루
　한 달
　　일 년

나무에 꽃 피고저도
눈 안에 돋아나는 건
달력의 숫자일 뿐

생각지도 못한 뛰는 전세금
마음 두들기고 가면
마음은
바싹 구워진 과자

날마다 새 아침

삶은

된바람 불어와도
너울 파도 밀려와도
소낙비 다녀가도
대설주의보 내려도
먹물 같은 먹먹함
흥건히 고여도
하루하루가 신기한 여행

기차놀이 할래요
– 시각 장애인과 함께

소문난 음식점은 지하 1층

우리 죽마 타고 가실래요
내려가는 길은 혼자 갈 수 있어요

삐거덕거리는 문 밀고 들어선 곳
기다린 듯 반기는 김정호의 하얀 나비

흥얼거리며 따라 부른 노래엔
익어가는 빛바랜 옛이야기들

희미한 불빛 아래 달그락달그락
허기진 듯 입 안에 고이는 맛

흐르는 시간 잡아 둘 수 없어
톡톡, 흰 지팡이 두드리며 오르는 계단

우리 기차놀이 해요

먹으로 그린 저녁 하늘

노을빛 지고
땅거미가 안개처럼 스밀 때
어둠 찍어 그린 먹선

차창 밖 가로수는
신나게 휘파람 불며
내달리는 시간

깊어 가는 세상의 적요
선명해지는 산의 큰 얼굴
마음으로 그린 수묵화 한 장

새로운 번지가 생기던 날

좁은 골목과 계단이 이어지는
가파른 길 지나 들어선 심우장*

자신을 찾아 나선 주인
기다리는 향나무 한 그루

그 나무 심을 때
푸르고 당당했을 마음
흔적 없고

아직 흰 고무신 한 켤레
가지런히 놓인 댓돌 위
가을볕만 무성히 내리는 곳

바람과 찾아든 사람들
마음으로 찾는 주인
대답 없고

남긴 유묵을 통해 읽은
지난한 삶과 정신
마음에 담아오는 만추晩秋

* 서울 성북구 북악산 자락에 자리한 '심우장'은 만해 한용운이 말년을 보낸
  옛집이다.